綠苑 李文浩 詩集

더 가까이

–요양원 일기

이 도서의 국립중앙도서관 출판예정도서목록(CIP)은 서지정보유통지원시스템 홈페이지(http://seoji.nl.go.kr)와 국가자료종합목록 구축시스템(http://kolis-net.nl.go.kr)에서 이용하실 수 있습니다.
(CIP제어번호 : CIP2019035087)

더 가까이

— 요양원 일기

綠苑 李文浩 詩集

한누리미디어

序

"시 지망생의 하루
시를 쓴답시고
베레모를 쓰고
파이프를 물고
그럴듯하게
시인 폼을 잡았지만…"

– 제1집 《어머니 인간의 天壽가 120이랍니다》 중에서(1974. 11)

그 후 근 반세기 동안 키보드가
움푹 파이도록 쓰고 지우고 치고
또 지우며 거듭하면서
겨우 4집을 내고 90을 코 앞에 두고 병들어
그새 모아 두었던 글을 정리하여
아마 내 생애 마지막이 될 제5집을 펴내게 되었다.

시 한 수로 유명해진 시인도 많고 많겠지만
나는 그저 쓰고 싶어 썼을 따름이다.
가끔 내 시가 좋았다며 한 수

또는 몇 수 암송하는 사람을 만날 때면
기쁘기도 하고 보람을 느끼기도 한다.

이제 마지막이 될지도 모를
5집을 내며 그 동안 지도해 주시고
격려해 주신 선후배님들께 감사드린다.

2019. 8.

요양원에서 이 문 호

차례

1부 _ 꽃처럼 살리라

2부 _ 이런 시를 쓰고 싶다

차례

3부 _ 종점으로 가는 길

4부 _ 고향

5부 _ 요양원 일지

더 가까이

— 요양원 일기

| 제1부 |

꽃처럼 살리라

이른 봄날

눈이 미처 녹지 않은
질척한 길로
공원 벤치에 앉은 노인

제철 잃은 계절
아랑곳없이
뛰노는 아이들

부러운 듯 쳐다보던 노인
무슨 기억 찾아낸 듯
주름진 얼굴에 미소 짓는다

결승점

결승점이 아닌 선
인종 남녀노소 모두
이 선을 향해 달린다

추월해 달린다
어린이 젊은이
무거운 짐을 지고
모두가 최종선을 향해서

나는 모든 욕심 버리고
서둘지 않고 천천히
세월과 함께 가고 있다

시들은 가지에

길가에 시들은
제라늄 가지 하나
주워다 컵에 꽂고
다듬어 물을 준다

며칠 후 작고 작은
붉은 꽃송이 하나
시들었던 가지에
꽃이 피었네

인생도 그렇다면
나는
다시 어떤 꽃을 피울까

인도 위 들꽃

밟을 뻔
하였구나
도로 위 들꽃

어쩌다
나는 너를
밟지 않았지만

지나는
많은 사람들이
너를 피할까?

밟혀도
피워야 하는
도로 위의 꽃

이 순간을 즐기세요

즐기세요 이 순간을
다음 순간은
내 시간이 아닐 수도 있습니다

즐기세요 이 순간을
지난 순간은 회상일 뿐입니다.

즐기세요 이 시간에
인생은 잠깐입니다
되돌아보면
내가 언제 그 많은 날들을
살았는지 모르겠습니다

즐기세요 당장 즐기세요
다음으로 미루지 마세요
그런 시간은 없습니다
우주에서 볼 때에
순간 중에 찰나인
인생을…

산책로

도림천 양쪽에
잘 포장된 산책로가 있다
십여 년 전 한 노인네가
빠짐없이 하루 두 번씩
지팡이를 짚고 절룩절룩
걷고 있었는데
언제부터인가 뵈질 않는다

지금 내가 그 길을 걷고 있다
비록 지팡이는 안 짚었지만
힘들게 뚜벅뚜벅 한 발짝씩
걷다 쉬다 하며 걷는다
아마 나도 지팡이 짚고 걷다
그 늙은이처럼
저 길에서 모습을
감추게 되겠지

영원으로의 이사

이 것은 챙기고
저 것은 버리고
새 집으로 이사 가는 날

새 가구도 마련하고
도배도 하고
즐거운 이사

저세상으로 이사할 땐
이것 저것
모두 버리고 간다

결정된 집도
있는지 없는지도 모르며
원치 않으면서도 반드시 가는 이사

아무도 모르는
아무도 알 수 없는

아무도 가 보지 못한
아무도 가 볼 수 없는
아무도 돌아오지 않은
아무도 돌아오지 못한

낙원이 있는지
지옥이 있는지도 모르지만
그런 것들이 있다고 믿고
영원한 영혼의 고향으로
가는 가벼운 이사

두루미의 IQ

청계천 천변 정비가 본이 되어
개천마다 정비가 유행하더니
물 썩은 냄새가 코를 찌르던 도림천

잘 정비되어
늘 물이 흘러
오리가 떼를 지어 노닐고
두루미가 긴 목을 뽑아
사방을 휘둘러본다

천변 양쪽으로 오가는 산책꾼들
개의치 않던 두루미
많은 군중들 중
한 사람이라도 서면
즉시 날아오른다
아마 서 있는 사람으로부터
화를 당했던 모양이다

소위 ‘새대가리’ 도 위험을 알거든
어찌 정치하는 사람들의 머리는
새대가리만도 못할까?

환상 속에 사는 사람들

다이어트
며칠 일하고
체중 재는 사람들

아령
몇 주하고
알통 자랑하는 사람들

조깅
몇 달하고
장수 기대하는 사람들

교회
몇 년 나가고
천당 가겠다는 사람들

교과서 지도
고쳐 놓고

자기 땅이라는 사람들

시집 몇 권 펴내고
유명 시인인 양
우쭐대는 사람들

몸과 마음의 거리

밤하늘의 별을 보라
얼마나 총총히 많은가
헤아릴 수 없는 별들이
서로 지껄이고 있다

별들처럼
서로 다른
얼마나 많은 이웃이
멀리 가까이 살고 있는가

그들보다도 더 멀어
알려고 해도 알 수 없는
내 안의 몸과 마음 사이
하나 같으면서도 하나가 될 수 없는

별과 별
그리고
지구 사이만큼이나
먼 거리

뵈지 않는 것들

우리가 무심코
깔고 있는 카펫
그저 아름답고 유용하지만
이것을 짠 이들이 들인 한 땀 한 땀의 노력
흘린 땀 소모한 시간
틀리지 않으려고 애쓴 노고
뵈지 않지만 감사해야 할 일이
이 세상에 얼마나 많은지
공기 바람 정 사랑
하나님

쓰레기를 버리며

모았던
쓰레기를
수거하는 날

양손에
다발 다발
버리고 나면

내 마음도
비우고
돌아선다

나 어디에 서면

거울 앞에 서서
옷매무새를 고친다

나 어디에 서면
내 마음을 씻을까?

처마 밑으로 오라

비 맞는다
이름 모를 새야
처마 밑으로 오라

너의 지저귐이
비 때문이냐
슬피 들리는구나

비를 피해
처마 밑으로 오라
내가 반기리라

꽃처럼 살리라

만인에게 미소로 즐거움과
향기로 사랑을 주고
아낌없이 꿀을 내주고 열매를 내고
몸 던져 후대의 거름이 되는 꽃

나 남은 인생
다 내어주며
꽃처럼 살아가리

꽃 · 1

피고 싶어 피었든
계절이 되어 피었든
줄기가 나를 밀어서였건
이 세상에 나왔습니다

어쩌다
예쁘고 향기 좋아
벌들이 모여 들고
인간들이 좋아합니다

그러다
내 몸을 뚝 꺾어
외로운 방 한 구석
병 속에 꽂아 놓았습니다

이제
나는 내 갈 길을 압니다
내가 시들면 쓰레기통을 거쳐

땅으로 돌아갈 겁니다

세상엔
제 갈 끝은 아나
영원히 머무를 곳을
의심하며 걱정하고 있습니다

너무도 명백한 無인 것을

꽃 · 2

매화 개나리 진달래 벚꽃들이
서로 경쟁하듯 피어납니다
마치 색의 전시 같습니다

봄바람이 불어오기 시작합니다
그러자 꽃들은 제각기
자기 향기를 내며 자랑합니다

꽃은
계절이 있어 피어나지만
바람이 있어 한층 더 격이 높아집니다

우리도
세월 따라 늙지만 말고
점점 격을 높여가며 살아갑시다

| 제2부 |

이런 시를 쓰고 싶다

이런 시를 쓰고 싶다

한 방울 한 방울
떨어지는 물방울이
바위를 파고 들 듯

두고 두고
사람의 마음을 파고드는
그런 시를 쓰고 싶다

시어

시어 너를 찾아
하늘에 오르랴
바다 속을 헤매랴
너 찾기 그리 힘들 줄 미리 알았더라면
노력만치 결과를 얻는 농민이 되었으리라

그러면서도 포기 못하는
너를 찾는 술래잡기
이 밤도 잠 못 이루고
뇌를 혹사시키고 있다

불면증 환자

못 자고도 잔 것 같고
자고도 못 잔 것 같고
깨어 있어도 자는 것 같고
자고 있어도 깨어 있는 것 같고
밤이 낮 같고
낮이 밤 같고
정신 차렸어도 흐리멍텅하고
몽롱해도 평상시인 것 같고
환자 같기도 하고
정상인 같기도 한
불면증 환자

오늘도 여전히 하루가 간다

서약서

일반적으로
계약서는
서로 밀고 댕기고 하다
합의해서 이루어진다

그러나
서약서는
절대 약자가 강자에게 쓰는
일종의 복종서

야쿠자도 아닌데
생명을 담보하는
공공단체에게 써야 하는
기막힌 서약서

병원에서
수술할 때의 서약서
죽어도 좋다는…
안 쓸 수 없는 서약서

늘 즐거운 시인

시인은 밤낮이 없다
글 쓰는 장소도 따로 없다
자다가도 불쑥 펜을 들고
흔들거리는 차 안에서도 글을 쓴다
도리어 잘 치장된 책상 앞에 앉으면
시상이 여기 저기
장식에 눈이 헤어나지를 못해
펜을 지근지근 씹으며 머리를 쥐어 짜 봐도
시상이 뜨지 않는다
이런 고통이 어디 있으랴
그래도 시인은 즐겁다
그 무슨 직업이 나이 구십이 가까워도
이런 취미생활이 있겠나
그래서 시인은 즐겁다
손에 힘이 빠져 펜이 흘러 떨어져도
입으로 읊고
눈으로 새로운 시를 읽으니
시인은 항상 새로운 세계 속을 여행한다

자유로이 어디든지
때로는 다음 세상에도 가 보곤 한다
인간이 가야 할 시공이 없는 본향까지도

아, 이 넘치는 행복

병원 로비의 벤치
옆 노인들의 대화를 엿듣는다

나는 요즘 수면제를 사 모으고 있어
왜 잠이 안 오나?
아니 그게 아니고 말이야
우리가 지금 왜 살지

국가에 이익을 주는 것도 아니고
자식 친척들께 환영 받는 것도 아니고
도리어 짐이 될 수 있으니 말이야

점점 늙어가면 병만 늘어나고
그러면 고통만 늘고
죽을 때의 고통은 어찌 견딘단 말인가

그래서
나는 불치병으로 진단이 나면

사 두었던 수면제 먹고 편히 가려네

참 그럴 듯한 변명이다
그러나 그것은 자살이요
인간이 해서는 안 되는 큰 죄악이다

우리 글 쓰는 사람들은 행복하다
손으로 쓸 수 없게 되면
누워서라도 하고 싶은 일이 있다는 것이

젊을 때에

내 나이 드니
지구회전에 어지러움 느끼고
지는 목련 꽃 보고 서러워지고
개나리 철쭉꽃 보니 기쁜 것이
물러진 감성 어쩔 수 없다

아침에 원기 솟는 듯싶더니
저녁 어두워지니
이승 저승 분간이 안 되는구나

젊은이들아
힘 있고 정신이 맑을 때
옳게 판단하고
속히 행하라
혹 실패했더라도
만회할 시간이 충분하니….

변천

이십오 년 그러니까 사반세기 전
퇴직하고 서울 변두리의 외로운 아파트
주위에 조그마한 공장 두 개
사층에서 내다보면 저 끝에 아파트 두 채
지금은 답답할 만큼 빽빽한 아파트
하루에 여러 번 귀를 자극하는 삐뽀 삐뽀 소리
구십이 머지않았으니
머지않아 나도 저 차 타고
본향으로 돌아가리라 영원히

자유, 동물의 소원

사람으로부터 개미까지
움직이는 모든 동물
가두면 바깥세상을
애타게 갈망한다
자유 내 발 가는 대로
내 마음 내키는 대로
그것 때문에 목숨도
아낌없이 버리는,

자유 자유 자유!

나는 골프를 좋아한다

나는 골프를 좋아한다
규칙도 장비도 모르고
필드나 인도어 구경도 못한 숙맥
홀인원이란 말만 아는 유일한 용어이다

모든 운동경기는
상대방의 허점 약점만 노리는
조금은 비열하고 야비하다고 느껴
나만 열심히 하면 되는
골프를 좋아하게 되었다
얼마나 멋이 있는가
홀인원!
내가 아니더라도

내 밥그릇

크지도 작지도 않은
내 밥그릇

그릇 커
남이 탐내지 않고
너무 작아
불쌍히 여김 받지 않는
적당히 큰
나의 밥그릇

부싯돌 같은 사랑

나는
부싯돌같이
불을 일으킬 만한
사랑 한 번 못해 보고
팔십에 이른
매력 없는 사람이다

부끄럽지만
이건 사실이다
앞으로도 물론
그런 사랑 없을 것은 틀림없다

그러나 오십 년
끈끈한 아내와의 사랑은
누구에게도 자랑할 수 있다
누가 뭐래도
감히

대림3동에 살어리랏다

대방천 도림천이 합쳐지는 삼각지
자갈이 모이고 썩은 물 냄새
우범지대였던 곳

미원 내서날 플라스틱공장 들어서며
뿜어내던 매연 화학품 내음
경제발전에 밀려 떠난 자리에
아파트 들어서고
디지털 정보 도서관 운동장

시골길을 방불하던 길
화초로 단장하고 포장되고
축구장 테니스장 농구장 게이트볼장
배드민턴장 골고루 갖춘 운동장

배달까지 해 주는 친절한 마트
우리 3동 끝자락엔 대형 마트
지하철의 중심 신도림역이 있어

천안 신창 의정부 소요산 인천
사통팔달 살기 좋은 대림3동

주민들 좋은 동 만들기에
단합된 우리 마을
우체국이 없어 좀 불편하긴 하지만…

헛되도다

고르지 않은
오르막 내리막 길
방향도 모르고
팔십을 넘겼다

정말로 긴 여정
돌아보니 발자취조차 없다
아무것도 없다
미련조차 없다

하나님이

내 나이 팔십을 넘겼다
어디선가 들리는 소리
"내 사랑하는 아들아
네가 네 처를 네 이웃을
정성들여 사랑하였음을
내가 아노라
아들아
이제 내게로 오라
내가 너를
네가 네 처와 이웃을 사랑한 것보다
삼십 배 육십 배 백 배로
사랑하여 주리니
주저하지 말고
곧 내게로 오라"

수평선

바닷가에 서면
모래사장
잔잔한 수면과 순풍
때로는 폭풍 해일이 보인다

눈을 들어 아득한
바다와 하늘이 맞닿는 곳
그곳을 보라
거기에는
아무것도 일어나지 않는
수평선뿐이다
바다도 하늘도 없는
이승도 저승도 아닌

아내사랑

창세후 오늘까지
아내사랑에 대한 시
헤아릴 수 없이 많을 것이고
추종을 불허할 명작도 있을 것이오

내가 수천 수만 편의 시를 써도
수십 년 죽을 때까지 써도
능가할 시를
쓸 수 없다는 것도 확실하오

그러나 나는 확언할 수 있소
그들 시보다도
더 아내를 사랑한다고
아내를 더 사랑한다고

그런 시를 쓰지는 못해도
그런 시보다도 더 사랑하는 속에서
살아가도록 해 줄 것이오
내가 눈을 감을 때까지…

감사합니다, 부모님

밤하늘
별들의 데이트를 보게 하여 주시고
풀섶 곤충들의 속삭임도 듣게 하여 주시고
또 이들을 가능케 하는
오장육부를
팔십 년이나
쉬지 않고 움직일 수 있도록
강한 육체 주심을 감사합니다
오늘은
모두 접어두고 편히 쉬렵니다

| 제3부 |

종점으로 가는 길

9988234의 모순

낮이 밤이 되거나
하늘에서 비가 내리려면
꼭 거쳐야 하는 과정인
황혼이나 구름이 있듯
이승에서 저승 가는 길엔
병환이 있으니
어찌
팔팔하다 죽기를 원하랴

횡사나 자살 아니면
팔팔하다
이삼 일에 죽기를 바랄 수 없듯
반드시
병환이란 과정을
거쳐야 하느니

말년의 기도

잠이란
영혼이
잠깐
몸을 이탈하는 것

잠들었을 때
꿈으로 잠시
몸을 떠난 영혼
길을 잃고
돌아오지 못 한다면
얼마나 행복한 죽음일까

종점으로 가는 길

종점을 향해
걷는 사람
소달구지 타고 가는 사람
자전거로 가는 사람
자동차로 가는 사람

지금 막 출발하는 사람
이미 뛰고 있는 사람
저 앞 까마득히 간 사람

인간의 최종 목적지는 같으나
도착시간은 서로 다르다
과연 나는 어디에서
어느 편으로
언제 목적지에 다다를까

인생

네 발로 기어 나와
두 발로 서성이다
세 발로 걷다가
누워서 사라진다

인간은 왜?

무궁무진하게 넓고
영원한 시간 속에서
무형으로 존재하다
어느 날 갑자기 물질이 되어
아주 작은 지구의
어머니란 극히
어둡고 좁디 좁은
뱃속을 거쳐
보자기 쓰고 나와
기저귀 차고 노닐다가
영원한 세계에 비하면
아주 짧은 시간을 살다가
다시 기저귀 차고 병상에서
좁디 좁은 나무상자에 누워
원래 있던 무궁무진한
영원한 공간으로
돌아가야 하는 인간

왜 왔다가 무엇을 하고
어디로 가는지도 모르고
떠나야 하는 무상한 인생

환자

환자는
도살장 앞
소와 같은 삶

하루

아프면
단 하루도
지겨운 나날

맑은 날

맑은 날
푸른 산천
상쾌한 하루

가네

가네
가누나
잘 가거라
모두 버리고
후회없이 가라

천천히 언덕을

힘들게 힘들게
수십 년 뚜벅뚜벅 올라왔다
많이 보며 경험하며
이제 한 걸음씩 아래로
아래로 내려가련다
누가 기다리지도
초청도 안 했는데
하염없이 내려간다
끝은 모른다 아무도

낙엽

눈을 뜨자마자
창문을 연다
나무 잎들이 부채질하며
시원한 공기를 보내온다
가을이 되면 누가 이 공기를
매일 아침 보내주랴
차마 너에게는 부탁 못하리
부채질하다 떨어지면
나도 같이 갈지 모르니
차라리 겨울까지 기다려
겨울철 찬 바람에나 부탁하리

88세 되던 해

88세 되던 해
아내 간호하다 보니 날짜 가는 것도 모르겠다
어쩌다 달력을 보니 오월 오일 어린이날이다
TV를 켜니 20대 후반으로 보이는 코미디언들이
재능을 발휘하느라 열심이다
88세
늘 88세까지 살아있게 된다면 그때는 죽어야지 하던 것이
제일 먼저 생각난다
지금도 변함이 없다
이목구비가 완전하고 내 발로 걸을 때
죽게 되면 자손들에게나 친구들 이웃 세상에
폐 끼치지 않고 소원대로 되니
얼마나 좋은 일인가

88세
고대하던 뜻대로 되게 하소서

시간 밖에서

팔십 내 평생
항상 바쁘게 느리게
기쁘게, 슬프게
시간 속을 헤매이다
시간 밖으로 한 발짝 내디뎠다
그리고 나를 잃어버렸다

아무도 나를 기억 못했고
아무도 내 시를 읽지 않았다
슬픈 일이다
그러다 시간 속으로 돌아왔다
아아 진정한 내 고향은
즐거운 이승인가

뜻대로 하소서

京의 京배보다 많은
온 우주에 가득한 영혼
그 중에서
특별히 선택하여
어머니 뱃속에서 십 개월이나 키워서
이 세상에 내보내
우주의 시간에 비하면
바늘 끝보다 헤아릴 수 없이 짧은 팔십여 년 간
누구를 위하여
무엇을 하다가
어디로 가는 줄도 모르고
가야 하는 인간
이곳에 남기는 것도
가지고 가는 것도 없이
태어난 순간부터 이곳을 떠나는 순간까지
허망하기 그지없습니다
거저 부르시는 그 날 무심히 가겠습니다

사는 이유

오늘 사는 이유는 싸우기 위해서이고
내일 사는 이유는 이기기 위해서이고
일생을 사는 이유는 잘 죽기 위해서이다

잘 죽기란
나의 삶의 질을 최소로 하고
남의 삶을 편케 해 주며
앓지 않고 편히 죽는 것이다

병상생활

병상에 누워 벌써 몇 달인가
먹고 자고 또 먹고 자고
그러다 보니 먹는 시간만
기다리게 되는 인간이 되었다
언뜻 이반 파블로프의 개에 대한
실험이 생각난다
우리에 개를 가두고
매일 세 끼 일정 시간에
같은 사람이 먹이를 주었더니
그 시간이 되면
개가 벌떡 일어나고
먹이 주는 사람의 발자국
소리만 들리면 꼬리를 흔들며
먹이 오기를 기다린다는
그 개와 무엇이 다른가

죽음을 기다리는 사람들

이 세상에 존재하는
모든 생물들은
스스로 사라져 가려고
시계만 바라보고 있다
더욱이 사고능력을 가진
인간 특히 와병 중에 있는 환자
그 중에서도 정신이 온전할수록
타임머신을 타고
종말에 이르고 싶어한다
이 아픔과 케어 받는 것은
괴로움의 절정이다.
말똥말똥한 정신으로
죽음을 기다려야 하는
괴로움!

죽음 · 1

이 세상 모든 것
수중의 어류
지상의 동식물
생을 가진 모든 것은
꼭 죽게 되어 있다
아침에 피었다가 지는 것부터
수백 년 산다는 거북까지
모두 죽었고 그 하나도
되살아난 적은 유사 이래 없다

인간이 죽는다는 것은
듣지도 보지도 못하고
맛도 향도 모르고
먹지도 배설도 못한다
구설수를 만드는 말도 못한다
오직 몸만을 남길 뿐이다

"영이 남는다고 하나

영은 이 세상 어느 것에나
영향을 주지 못한다
다만 있다고 가정할 따름이다"
그 가정하에 종교가 생기고
천당 극락 지옥이 생긴다
죽음은 고통이라고도 한다
그러나 죽음자체는 고통이 아니고
죽는 순간까지의 과정이 고통이다
갑작스레 죽는 자에게는
고통이 없다
이런 죽음을 인간은 원할 따름이다

– 베르베르의 '죽음' 에서

정 할아버지의 발인날

오늘은 이 마을의 마당발
정 할아버지의 발인날이다
정 할아버지는 마을의 대소사는 물론
가족 심지어는 가끔씩 찾는
각 가정의 사위 며느리까지
다 아시는 그야말로 마당발이었다

하늘도 알았는지 아침부터
상주의 장마 같은 비는 아니지만
며느리의 는개비도 아닌
보슬비가 추적추적 내린다

할아버지를 태운 리무진이
미끄러지듯 마을을 떠날 때
어디선가 까마귀 한 마리가
나래가 젖지 않을 만큼
천천히 북녘으로 날아간다

예까지 왔다

여든 여섯
한 것도 없이
예까지 왔다

목적지도 없이
왔다 또 그렇게
가야 한다

어딘지 곳도
때도 모르나
무조건 가야 한다

너
나
할 것 없이

약 먹는 이유

매일
아침저녁으로
십여 알의 약을 먹는다
여러 과의 약을

결코
생명 연장이 아닌
그저
통증을 잠시 면하기 위한

구십을 코 앞에 두고
내 몸 추스르기 힘든데
잠자듯 숨 거두는
그런 약은 왜 안 만드는지…

| 제4부 |

고향

고향 · 1

분단의 길이가 이렇게 길 줄 알았다면
내 어이 그대를 두고 떠나 왔으랴
고향아 산천초목아 살아선 못 볼 땅이여

고향 · 2

기다리고 기다려
한 세기 가깝도록 기다려도
삭지 않는 철조망
허물어지지 않는 이념의 벽

조용히 눈을 감으면
아물거리는 고향 뒷산
귀를 막아야 들리는
압록강 물 흐르는 소리

한 甲子 세월을 되돌려
어머니 품에 안겨본다
변치 않고 따뜻한
사랑의 품 속

시월 십사일

아 어찌 잊으랴 오늘은
철의 장막에서
목숨 걸고 탈출한 날

1953.10.14 오늘 새벽
지뢰 피해 차가운 물길로
죄도 없이 도망쳐 온 고향
북녘 땅
벌써 66년이 되었구나
팔팔하던 청년이
90을 바라보며 병상에 누웠구나
꿈같이 흘러간 허무한 세월이여

태극기다!

뺐~ㅇ 하며 소총 탄환이 날아간다
머~리서 쿵! 소리가 나더니
등 위로 슛! 하며 아주 가까운 곳에서
쾅! 하며 포탄소리와 함께 뜨거운 모래흙이
등 위에 와서 떨어진다
이런 속을 얼마나 기었는지 날이 밝으며
철망 안의 태극기를 발견한다
얼마나 그리던 태극기던가
1951년 10월 14일 새벽 드디어
기고 기며 대한민국 땅에 와 닿았다
오늘이 2017년 10월 4일 그러니까 열흘 후
만 66년 전 새벽이었다
태극기를 처음 보고 숨이 끊어지도록
감격스럽던 아침

숫자와 인생

세상이 발달하면서
숫자는 점점 우리 생활에
깊숙이 파고들고 있다
기껏 나이만 알던 시대부터
날짜 시간 속도 등등
내 경우
1931.5.20 내가 물주머니를 쓰고
어머니 배 속에서 나온 날
1951.6.14 어머니 회사 갔다 올게요 하고
68년 아직도 아니 영원히 만나지 못하게 되었다
1951.10.14 인민군 포로가 되어 포로수용소에 갇힌 날
9610014 포로 번호 이토록
그날 현재 많은 인민군이 잡혔다
얼마 후 주민등록이 발급되었다
1953.6.18 현세의 지옥 포로수용소에서 석방되던 날
3105xx-1011xyz 주민등록번호
1955.10.8 대한민국의 떳떳한 육군 장교로 임명된 날
44833 명예로운 장교 군번

1964.3.19 두 몸이 한 몸이 된 날

1973.8.31 내 일생 가장 결정을 잘 못해

평생 후회하게 된 날

군대를 떠나 연금을 못 타게 된 날

1979.12.2 사우디로 가던 날

1985.8.31 사우디에서 귀국하던 날

고향 나무에 새겨진 너와 나의 이름

매녀야
너와 내가 자주 가던 언덕
요즘도 오르느냐

거기 느티나무에 새긴
우리 이름
아직 있더냐

그 이름 지금쯤
저 위로 올라가서
볼 수가 없겠지

아니지
그 이름자도 커져
밑에서도 읽을 수 있겠지

"영호"
그리고
"매녀"

너는 아직 열여덟

매녀야
네 나이도
이젠 여든이 되었구나

그런데 어쩌나
나는 호호백발에
얼굴은 입고 잔 옷처럼
쭈글쭈글한데

너는 열여덟
아직 그때 그 모습으로
기억 속에 생생하니

잊혀지지 않는 것은 사랑뿐

팔십을 넘기고
주위를 청산한다

마지막으로
사진첩을 뒤지며 찢으며 불사르다
손에 잡힌 사진 하나

너의 체온조차 느끼지 못하고
단념해야 했던
첫 짝사랑의 그대

그리고 그리고
언제나 곁에 있을 줄 알고
가슴 속에만 품고 다니던
나의 모습

세월이 가고 또 가도
잊혀지지 않는 것은
늙지도 않는 사랑뿐

낡은 사진첩

인생을 얼마 남겨 놓고
지나온 자취를 더듬어 보려고
사진첩을 내놓는다

고추를 드러내놓은 백일 사진부터
무표정한 결혼사진 껑충껑충 뛰어넘으며
머리 흰 오늘까지 기억이 새롭다

뵈지 않는 사진과 사진 사이
볼 수 없는 걸어온 길
눈을 감아도 떠오르지 않는 오랜 자취

이제 마지막 영정용 한 장 남기고
모두 없애 버리리라
그리고 하얗게 잊고 가리라

수풍댐에는

작은 하천 보 앞에 섰다
옆 친구가 뭐라고 한다
낙차소리에 말이 안 들린다

백 미터 높이의 고향 수풍댐
거기선 어떻게 대화를 했을까
청각 장애인같이 큰 소리를 냈었을까?

아직도 수차가 돌며
밤을 밝히고 있을까
고향 사람들은 살아 있을까
그 낙차소리가 듣고 싶다

남한생활 예순한 돌

가칠봉 깊은 계곡
시월 중순 찬 개울에
저벅소리 못 내고
살살 기어 몇 십 분
포격 맞은 탈주병의
비명소리 들으며
기어 오른 산정에선
겁도 없이 불 피우고
둘러앉은 국군에게
나 왔음을 알린 지
어언 예순한 돌 되는 날

새삼스레 떠오르는
고우시던 어머니 모습
지금쯤 그 모습대로
하늘나라 계시리니
어머니 편히 쉬소서
불효자식 만날 때까지

기러기 편대

북으로 북으로
편대를 지어
폭격이라도 할 듯
늠름하기도 하다

말아라
내 고향 부수지 말아라
내 형제 위협하지 마라
비록 허물어져 가는 집
못 먹고 지치고 헐벗었더라도

그냥 너 갈 길 가거라
너의 보금자리로
내년 봄 다시 돌아와
너의 후세를 불러가거라
우리가 잠자리 마련해 줄 터이니

어머니 · 1

팔십을 넘긴 할아버지
줄줄이 달린 하나하나
귀한 아들 딸 그리고 손자들

바라보다 공간에 맺힌
실체 같은 어머니
물끄러미 나를 보고
손자들을 번갈아 보다
다시 내게로 돌아온 어머니의 눈길
눈물을 흘린다
아니 내 눈이 젖는다
아아 어머니

어머니 · 2

어머니!
밤에도 낮에도 어제도 오늘도
이승에서는 물론 저승에 계셔도
항상 나와 함께 내 안에 계시지요

어느 한 순간 물밀듯이 가슴에 사무치면
제 아무리 강하고 악해도
눈물을 머금게 하는 존재이지요
영원하고 완전한 사랑의 화신이지요

무제

가고 싶어도 못 가는 곳
보고 싶어도 못 보는
내 나라 내 땅의 한쪽 끝
이제는 모두 포기하고
본향 가기만 기다려야 하는…

꿈 많고 낭만적인
사랑으로 가득하던 십팔 세
그 십팔, 팔십 되니
꿈 낭만 다 사라지고
몸 추스르기조차 힘들게 되었네

돌아온 고향

반쯤 허물어진 흙벽돌 담장
가까스로 매달려 있는 문짝
나를 맞이하듯 비스듬히 열려 있다

마늘 감 시래기 말리던
남향한 지붕 밑 벽은
흙이 떨어지고 수수대만
엉성히 얼기설기 남아있다

추억을 남기려는 듯
방에 걸린 채 바랜 사진에는
누군지도 알 수 없는 인물들로 가득하다

마당 여기저기에 널려 있는
다 떨어진 방한화 한 짝 깨진 요강 조각
다 닳아 손잡이만 남은 삼태기
성한 큰 됫병 하나
그 속엔 숱한 기억들이 담겨 있다

술로 상기한 아버님 모습이
아궁이 앞에서 부채질하며 눈물을 닦으시는 어머니
나를 업고 자장가를 부르던 큰 누나
우리를 졸졸 따라다니던 바둑이
소 외양간에는
매어두던 닳고 닳은 굵은 봉
비스듬히 서서 세월을 흘려 보내고 있다
오늘의 방문을 뒷병 속에 담으며
환송이라도 하듯
반쯤 열린 대문을 뒤로
귀로에 오른다

귀향

귀향!
얼마나 흐뭇한 말인가
그러나
이북인 실향민에게는
너무도 멀고 아득한 단어

너무 오래 헤어져 있어
같은 하늘 아래 같은 땅 위에
같은 나라인데도
고향을 미루어 생각할 수가 없다

하물며
이승도 아닌 저승을
어찌 알고
본향으로 귀향한단 말인가

그저 귀향하게 되는 날
편한 마음으로 가리라

둘 아닌 하나

두 줄 위의 기차
두 줄 속의 전기
둘이 되어 버린 하나
벌써 육십 년
그대와 나

둘이 아닌 하나였기에
둘로 나뉘며
강토를 피로
산야를 불태웠다

하나로 되려고
또 피를 흘려야 하는가
여러 줄기의 지류들은
말없이 모이고 모여
하나 되어 잘도 흐르는데

애국

애국이란
적극적인 짝사랑이다
그는 나에게
눈길 한 번, 말 한 마디
손길 하나 준 적 없다

그러나 나는
단 한 번도
미워하거나
실망하거나
비난한 적 없다

오로지
사랑하고 자랑하며
그를 위해 피와 생명마저 바칠
각오가 되어 있다
필사적인 짝사랑이다

기대되는 임진년 올해

임진년에는 국가에 큰 변 개혁이 있었으니
1532년 임진해 몽골의 침공
1592년 임진년 일본의 침공
1952년 임진에는 6.25의 휴전 조짐

일본침공으로부터
7갑자 되는 올해의 변화는
좌파 정권의 재집권 가능성 증대로
불협화음 속에 불완전하나
통일의 조짐이 있고
그렇게 되면
올해를 원년으로 최소 오십 년의 고난은
피할 수 없겠으나
그 반대의 날이 밝으면
아세아의 등불이 아닌
세계의 횃불이 되어
이 세상을 변혁시키는 중심이 되리라

나는 대한민국을 사랑한다

나는 대단한 애국자나
義士는 아니지만
우리 국민임을 자부하는 촌부다

쓰레기 위에
피와 땀 그리고 동료들의 희생 위에
장미꽃을 피웠다

국회에서 거리에서
별의별 불법과 난행 있었더라도
나는 내 나라를 사랑한다

법정에서 공화국 만세를 부르고
반헌법적 판결을 내렸더라도
나는 내 나라를 사랑한다

대통령이
국정은 난 몰라라 했더라도

나는 내 나라를 사랑한다

비록 기간은 짧지만
옥토 다지고 좋은 씨 뿌렸으니
반드시 좋은 열매 맺으리니

나는
내 나라를 사랑하고
이 나라 국민임을 자부한다

사랑의 손

구원해 주려고
손을 내밀어도
받지 않는 북한

사랑해 주려고
가까이 가면
물으려는 개

손도
잡아봐야
온도를 느낄 수 있는 것

독도

자기 나라 여배우 얼굴에
점 하나 찍어 놓고
고소영더러
자기 나라 국민이라 하는 일본

모래 바람

해일 같던 촛불
대량살상 무기마냥
번지던 구제역
나라가 발칵 뒤집힐 듯하더니

멀리 이집트에서
일어난 모래 바람
주변국을 거쳐 중국에까지
불어오고 있습니다

그 바람은
기필코
북한에도 불 겁니다
단언합니다

그 바람은
꺼질 줄 모르는 촛불
처방 없는 전염병보다 더 강력한

그 무엇으로도 멈출 수 없는
역사의 바퀴이기 때문입니다

황장엽

황장엽 그대는 변절자냐 애국자냐
북에선 주체사상으로 인민을 뭉쳐 놓고
여기선 을지훈장을 추서 받은 애국자

우리가 얼마나 미워했던 그대가
가족을 희생물로 간신히 망명하여
북 간첩 위협 속에서 지난 기나긴 삼십 년

자유를 주라고 민주주의를 하라고
통일을 하자고 염원했던 보람도 없이
이 세상 하직한 그대 존경하며 슬퍼하노라

손자가 적을 알고 나를 알면 이긴다 하여
황 선생 그대에게 걸은 기대 얼마나 컸는지
이제는 적도 모르고 자기도 모르는 애송이들 어이하리

| 제5부 |

요양원 일지

내 인생 가장 큰 충격

육십 년을 제왕처럼 살았다
국 반찬 하나하나 짜다 맵다 하고
모자 옷깃까지 귀찮을 정도의 간섭
세수 발 씻기 전에는 잘 엄두도 못 냈다

이렇듯 살아오던 어느 날
귀가한 나에게 어눌한 말투로
"좀 늦었네"라 한다
망치로 머리를 맞은 듯
119를 불러 50킬로에 가까운
보훈병원 응급실로 갔다

응급실에선 즉시 링거와 채혈을 하고
MRI실로 갔고 수분 후에
머리 신경에 피 공급이 안 되어 아내에게
언어와 우측 수족에 마비가 왔단다

아내 병간호의 즐거움

아침 문 열어 놓고 청소하면
신선한 공기 맡고 좀 낫는 것 같아 좋고
밥할 때면 이 밥 먹고 좀 회복할 것같이 기쁘고
설거지할 때면 깨끗한 그릇에 담은 것을 먹으면
병이 차도가 생길 것 같고
요를 털어 깔아주면 곧 일어날 것 같아 고생이 끝날 것같이 좋다
아무튼 빨리 낫기를 바라며 오늘도 아내의 모든 것을 돌본다

하늘이 무너져도

새벽 다섯 시
바나나 삼분의 일
사과 반쪽 당근 조금
각각 두세 쪽 내어
야쿠르트에 넣고
주스를 만들어 마신다
딱히 건강이라기보다
그저 습관처럼
매일 어김없이

오늘 아침
마시고 나니
믹서 칼날 한 번 스치지 않은
바나나 한 조각이
그대로 있다

하늘이 무너져도 솟아날 구멍이 있었다

뇌경색의 파편

뇌경색 간호 3년
조그만 일에도 피곤한 87세
하루를 마감하는 설거지
팔 다리 몸의 피로
뒤에서 보고 있던 아내
그 피곤이 환자의 눈에 보였던가
느닷없이 "내~가 할~께"
뇌경색으로 반신불수의 아내
몇 해 된 뇌경색의 파편이
문득 살아났는가
눈물이 쏟아진다
저 꼴이 되도록 내가 사역을 시켰던가?
미안해요
다가올 거기 영원한 곳에서는

편안히 쉬어요

그래도 행복하오

시간 나는 대로 종각에 나가보오
여기에 서너 명 저기에 한 떼거리
옹기종기 모여 무슨 얘기 하는지

열한 시쯤 되면 조계사 정문에 줄선
중절모에 넥타이 맨 신사
조금은 허름한 차림의 어르신
절에서 주는 무료 급식 드시려는

빈털터리가 아닌 그들
집에 혼자 있기 외로워서
종일 며느리와 마주치기 멋쩍어서
수원에서 인천에서 의정부에서
예까지 모여들어 무료 급식 받고
하루 소일하는 백세시대 노인들
짝을 잃었거나 병원에 맡겨지기도 하는

열 시쯤 모였다 저녁녘에는 흩어지는

그리 추하지 않은 수많은 노인네들
어떤 이는 혼자 마실 막걸리 한 병 값을
또 다른 이는 그래도 친구 만나면
서로 한잔 기울일 여유 있는 이
해 저물어 집에 돌아가면 외톨이 신세들

비록 두 해를 누워있어도 나와 함께할
아내가 있으니 그래도 나는 행복하다

그날 이후

당신이 떠난 이후
내 손이 닿는 모든 것에서
당신의 체온이 느껴지고
차가운 밥솥 수저
쌀 씻는 차가운 중에서도
그대의 체온이 느껴져요

뜨거운 국은 눈물이 떨어져
식은 국이 되었소
펼쳐진 요는 왜 이렇게 넓고 차갑소
내일은 큰 모임에 가오
옷은? 모자는? 코트는?
골라주지 못 할 테니 주저앉아
지난 육십 년 이야기나 합시다

마지막일지 모를 서비스

숨이 점점 빨라진다
뭘 좀 먹으라고
밥 단팥죽 야채죽 호박죽…
빵 바나나 귤 과자종류
머리맡에 쌓아 놓았다
미리 먹을 수 있을 때에 그렇게 할 걸…
여보 미안하오
원래 무뚝뚝했던 나를 용서해 주겠지
숨을 초침같이 쉬더라도
오래 쉬어요
내 마지막 소원이니…

요양병원에 아내를 보내며

세상이 제 아무리 발달해도
정의 깊이를 재지는 못하리라
십 년 살았다고 그 깊이가 일 미터만큼 얕고
오십 년 같이 살았다고
오십 미터만큼 깊지는 않으리라
칠십 년을 같이 살고도
정이 떨어져 이혼도 하지 않는가

나는 요즘 육십 년을 같이 산 아내가
병들어 누워 간병하기 어려워서
요양병원으로 보내야겠다고 했더니
뇌경색으로 감정표시도 못하던 아내가
주르륵 눈물을 흘리며 나를 쳐다본다
순간 내 눈에서도 눈물이 흐른다
가슴이 콱 막히며 찢어지는 듯한 아픔
누가 알랴 이런 눈물과 아픔을

어린애처럼 나만 바라보고

믿고 따르며 살아오다
요양병원에 입원하게 되니
이 이별이 곧 영원한 이별로
이어진다는 것을
차차 죽어가는 뇌로도
느끼고도 남음이 있으리라

오늘도 넘겼구려

여보 오늘도 넘겼구려
그렇게 그렇게 이 해도 넘겨요
당신 끈질기지 않소
그리고 강하지 않소
나보다도 몇 배나!
그렇게 견디다 손잡고
손잡고 같이 가요!

처의 뇌경색

뜻밖에
갑자기
뇌경색에
병신 된 아내

나는
완전히
고생길에
들어섰고나

아내 간병기

팔다리 쓰기 힘든 팔십칠 고령인데
마누라 척추수술 뇌경색 누웠으니
잠에서 깨어나면 밥 짓고 밥상 차려
아내를 일으켜서 대소변 동행하고
밥상에 데려다가 밥 같이 먹는 아침
먹을 약 챙겨주고 내 약도 먹고 나서
주방에 가노라면 큰 한숨 절로 난다

두 번의 척추수술 위장에 구멍 생겨
수혈을 받고 나서 생명은 구했으나
온몸에 가려움증 심하여 그때마다
목욕을 시켜주고 독일제 약 바르고
잠들만 할 때 되면 대소변 잠 깨우고
식사를 조금 먹어 간식을 줘야 하니
내 잠은 언제 자고 건강은 어찌하랴

이 밤엔 대소변을 몇 차례 가려는지
깊은 잠 못 이루니 나마저 병 생기면

아내와 내 병치레 뉘 있어 보아주랴
아마도 아내 먼저 가게 될 형편이니
나만은 건강하여 간병해야 하리
어즈버 아내간병은 내 몫인가 하노라

동기의 영전에

문상을 자주 하니
눈물도 말랐는가
어저께 웃던 넌데
오늘은 내가 우네

친구여 먼저 간다
슬프다 하지 마라
내일엔 누가 갈지
아무도 알 수 없네

친구여 오늘 가고
낼 감이 뭐 다른가
저세상 시계로는
한순간 차이라네

잘 가세 가는 친구
네 책임 막중하이
남향한 좋은 자리

여러 개 잡아 놓게
뒤 따라 가는 동기
자네만 믿고 가니

마지막 잎새

어쩌다 팔십칠도 반 넘고
고교 동기들 모두 가고
이제 마지막 잎새가 되어
여기저기 뒹굴고 있는
잎새들을 내려다본다

나도 곧 떨어져 저와 같이 될까
아니면 멀리 날려가 다른
무엇들 속에 끼어있을까

오늘도 뜨거운 햇볕 속에
솔솔 바람 불어온다
언제 세찬 바람 불어
나를 흔들어댈지 모른다

오늘은 또

새 아침이 밝았다
태양이 저렇게 밝은데
내 마음은 이렇게 어두우랴

혹여 아침 전화 울려
또 누구의 상보喪報가
들려올 것 같은 느낌에

고교 동기는 하나 남고
임관 동기 삼백여 명 중
겨우 십여 명 남아

아침이 되면
간밤엔 또 뉘께서 슬픈
전화 벨 울릴까 두렵다

이월

쌓였던 눈이
양지뿐만 아니라
음지에서도 녹았군
세월이 빠르다더니
이렇게도 빨리 가느냐
하기야
내 나이 벌써 팔십팔이라니
어물쩍할 사이에
손주들이 무덤 앞에 서겠네

시간의 길이

한참 사랑을 할 때
애인 기다리는 시간은
왜 그리도 길었는가

유명인의 명강의는 왜 그리도 짧았는가

살아온 기간은 왜 그리 짧았는가
칠십이 되어 되돌아보니 칠십 년이 어찌 그리 빨랐는가

팔십팔이 되어 홀로 외로운 방 안에 앉아 있으니
하루가 왜 이리 긴가

그처럼 죽어가는
날짜는 장단을 가늠할 수가 없구나!

이것이 죽음인가

탁자를 가운데 두고 대화 중
갑자기 앞사람이 희미해진다
죽을힘을 다해 정신을 차려본다
다행히 시야가 정상으로
돌아왔다
감사합니다, 주여!
다시는 그런 시험 마시고
주의 품에 직접 품어주시옵소서

이것이 뇌경색 시초인가

여느 때 같으면
자리에서 일어나든가
앉는 것이
생각 없이 했었는데
지금은 앉았다 일어나는데
어느 다리를 어떤 모양으로
하고 나머지 다리를 어찌 할꼬
등을 생각하다 두 다리를 같이
세우다 엎어진다

자살

왜
무엇을 위하여
한줌의 약을 먹으며
고통 속에
몇 년을 더 살아가야 하는가
누구를 위하여

법은 安樂死를
허용하여야 한다

Suicide

Why?
What for?
Taking a grip of medicine a day
by pain
How many days we have to live more
For whom?

Law should be allowed
'Eutanasia'

특별한 날

매일매일 주어지는 날
특별한 날이
따로 있으랴

있다면 숨을 거두는 날 밖에
따로 있겠는가
팔십 다섯 이 나이에

죽음 · 2

정신이 자꾸만 혼미해진다
점점 더 깊어 희미해진다
이 끝이 무엇인가
죽음인가
치매인가
두렵다
죽음이면 좋으련만
혹 치매나 중풍이라면
내 인생 내가 마감하리라
나라와 이웃 가족과
나 자신을 위하여

천의바람

인생의 첫머리
하늘 높이 흐르는
구름을 잡고 싶더니
인생의 끝자락에서
바람의 향방 따라
같이 가야 하는 오늘

코드 그린

중환자실
여기 저기서
고통을 호소하는 외침
끙끙거리는 신음소리
숨을 거드느라 헉헉하는 소리
이윽고 들려오는 소리

"코드 그린 중환자실"

세월

눈 비비며 출근하여
취해서 돌아오는
애들의 꿈 속 아버지

기지개 한 번 하고 보니
시아버지가 되고
장인이 되었다

돌아볼 사이 없이 가버린 청춘
남은 세월도 그렇게 빠르련만
지루하기만 한 노후

젊었을 때와는 너무도 다른
턱없이 지루하고 긴 하루
얼떨결에 보니 구십이 코앞

길게만 느껴진 노후의 세월도
역시 빠르기는 마찬가지
역행할 수 없는 세월
같이 가야지

모든 것이 헛되도다

찢고 쓰고 쓰고 또 찢고
몇 년 몇 십 년을 썼을고
이제 펜 잡은 손이 떨리고
펜이 멈춰 서 종이만 어지럽힌 시
그 많은 시들 중
어느 한 줄이 어느 독자의 가슴에 박힌들 무슨 뜻이 있으랴

그 많은 글이 그 많은 날이
그 많은 사연이 이 세상 어느 구석에도 남지 않으며
남은들 무엇 하리
완전히 허무인 것을
"헛되고 헛되도다 모든 것이 헛되도다" (전도서 1:2)

병상에서 · 1

– 노년의 급성 폐렴

급성 폐렴과 신장염으로
실신 상태에서 5일 만에
깨어났을 때는
코에 호스 팔에 링거
소염제, 영양제 등
줄줄이 달고 병상에 누웠었다
며칠 후인가 영양제를 떼고
약 일 개월 후 코에서 호스를
떼고 죽을 먹기 시작했다
염증은 쉽게 없어지지 않아
링거와 소염제는 거의 2개월
후에야 떼었으나 죽은 계속되었다

병상에서 · 2

– 안개 낀 아침

이른 아침 창을 열고 밖을 보니
안개 낀 먼 산마루엔 꿈틀거리는
용의 등만 희미한 선이 보일 뿐
산은 있는 듯 없는 듯 희미하게
산중턱 사찰 지붕 위에 얹혔다
오늘은 하지 지난 지
일주일이 되는 날

병상에서 · 3

- 풍경風磬

장마를 앞둔 오늘은
잔뜩 흐리고 우중충하고
매우 습한 날이다
불당 처마 끝에 달렸던
풍경은 바람에 날려
물속에서 헤엄치는가
멀리서 성스럽게 조용히
똑딱똑딱 하는 목탁소리만
마음에 스며든다

병상에서 · 4

– 더 가까이

나 태어나 지금까지
기며 걸으며 뛰며
그대에게 달려왔다
이제 늙고 병들어
뛰기는커녕 걷지도 못 하겠다
그대여 나 이젠 더 그대에게
가까이 못 가겠으니
그대가 나를 이끌어다오
그대 가까이 더 가까이
가까이 더 가까이
그대와 하나 될 때까지
가까이 더 가까이…

병상에서 · 5

– 아침 까마귀

동이 텄다
창문을 열어 심호흡을 한다
앞산에서 오늘 아침에도
여전히 까마귀가 울어댄다
기분 나쁘다
아침에 까마귀가 울면
초상이 난다는 말 때문이다
하기야 저렇게 즐비찬
아파트에 몇 만 명이 살 것
그러니 초상인들 안 나랴
그래 실컷 울어라
병고에 시달리는 나도
얼른 데려가려무나

병상에서 · 6

– 정물靜物

우리는 사진으로 명화로
많은 정물의 광경을 보며
인간의 솜씨에 놀란다
오늘 아침 창문을 열며
참 정물을 만났다
바람 한 점 없는 창밖 정물은
감탄 그 자체다
원근 살아있는 색깔
태양이 떠오르자
그 선명하고 독특한 저마다의
색깔인 진정한 정물이 된다
몸을 어디에 감추었는지
이름 모를 새 지저귀는 소리가
그만 고요를 깨고 나를
사바세계로 밀어 넣는다

병상에서 · 7

– 병실, 음악실

1962년 힘든 미국 유학 길
귀국하는 사람마다
아내 아이들 선물로
캐리어들이 무거웠지만
나는 40킬로그램이나 되는
12인치 스피커 세트 외에
헨델의 메시아 LP판
세 장을 비롯하여
클래식 엘피 30여 장만
난짝 들고 들어와
마누라를 실망시킨 일이
떠오르지만 그 일로
아이들이 클래식 곡을
많이 알게 되어 자랑스럽다
지금 내 병실에는
새벽부터 잠들 때까지
음악소리가 끊기지 않는다
그래서 여기 요양원에서

음악이 있는
병실로 알려져 있어
보람을 느낀다

병상에서 · 8

– 여명

여명!
엷은 비닐을 통해 보는 듯한
희미한 이른 여명
심호흡을 몇 번 하고 보니
비닐은 걷히고
찬란하기까지 한 선명한
긴 산줄기가 한눈 가득히
차고 넘쳐 목을 돌리게 한다
때마침 떠오른 햇빛에
푸른색으로 천지를 물들인다
오늘도 온 천하가
이처럼 맑고 깨끗한
평화가 가득하기를 바란다

병상에서 · 9

– 꽃 없는 경내

나무로 둘러싸인 천마산 기슭
옹기종기 법당들만 모여 있어
가끔 이름 모를 새들만
가시 같은 잣나무 가지에 앉았다
사찰 건물만으로 된 경내에
호젓이 자리 잡은 요양원
벌써 반년
환경에 적응해 간다
비록 노랑나비조차 머물 곳 없는
꽃 없는 경내일지라도…

병상에서 · 10

– 요양보호사

직업명 요양보호사!
그들은 직업 이전에
진정한 사랑과 희생정신을 가진 자들이다
요양원에 수용되는 환자
대소변을 스스로 가리지 못하는 자
뇌 이상으로 몸을 가누지 못하는 자
기관지나 폐병으로 기침 가래침
등으로 구역질이 나는 환자
치매로 고래고래 소리 지르거나
후딱 하면 다른 병실에 가서
제 방이라고 싸움 거는 자
이런 저런 환자들을 돌보는
요양보호사라는 직업은
그야말로 기피하는 직업이 아닐 수 없다
설사 처리, 변비 환자의 변 파내기
공연히 시비 거는 환자…

우리는 요양보호사에게 존경과
위로와 사랑을 아끼지 않아야 한다

병상에서 · 11

- 외로운 풍경

폭풍 다나스의 영향인가
법당 처마 끝의 풍경
물고기는 빗물 따라 강으로 갔는지 바다로 갔는지
종만 외로이 비에 젖어 늘어졌고
처마 끝 기와에선 작은 폭포줄기
줄을 지어 서로 다투어 흐른다
우산 대신 큰 갓을 쓴 스님
꽃밭을 가꾸고 있다
그래 그것도 중생이거늘…

병상에서 · 12

– 요양원

내 나이 갓 구십
지금까지 나는 중산층이었으나
요즘 같은 호화 생활은 처음이다
아침 여섯 시가 되면
얼굴 닦으라고 따뜻한 물수건
이어 나오는 정성들인 밥과 반찬
식사가 끝나면 내가 먹는 약을
직접 입에 넣어준다
환자들이 버리거나
입에 넣었다 뱉어 버리기 때문
그 후엔 치약 묻힌 칫솔과 양칫물
점심과 저녁 중간엔
매일 다른 간식
일주일에 한 번 여름철엔 두 번 목욕
한 달에 한 번 이발과 침구 교체
이 주에 한 번 한의사와 양의사 진료
가족의 면회는 수시
이런 생활은 난생 처음이다

이것이 모두 경제성장의 덕이며
젊었을 때 우리 고생한 보람이다
이제 인구 감소 노년층의 증가
이 모든 대우와 케어는
국가와 요즘 젊은이들에게는
큰 부담
대책은?

병상에서 · 13

– 실바람

조용히 바람이 솔솔 불어
나뭇잎이 말없이 살랑거린다
난데없는 큰 잎 하나 뚝 떨어진다
깜짝 놀라보니 까치 한 마리
어디서 날아와 무엇을 보았는지
급강하하며 무엇인가 물고
솟구쳐 올라간다
구름에 머물려나 높이 올라간다
높이 높이 보이질 않는다
그 끝에서 보내오는 실바람
한 줄기

계절이 바뀌려나 보다

하이쿠와 川柳

今後の選挙人省きITがす

다음부터 선거는 사람 대신에 IT가 한다.

曖昧な秋の天気で風邪をひく

애매한 가을 일기로 감기 걸리다

山覆う綺麗な蒲団初夜如し

산을 뒤덮은 아름다운 이불 마치 결혼 초야 같아라

山登り金で強いれば上らない

등산 돈 주며 강요하면 올라가지 않는다

老人は使い難しいスマートホン

노인이 사용하기에는 어려운 스마트폰

この世とは一期一会イチゴイチエだ楽しもう

이 세상은 한 번이다

즐기세

旱魃や樹幹の水も止まったか俺の背中にゃ汗が流れる
가뭄이다, 나무껍질도 말랐는데 내 등엔 땀이 흐르는구나

末の世か其処此処で地震と津波季節外れの雪と暴雨や
말세인가 여기 저기서 지진과 해일 계절에 맞지 않는 폭설과 폭우

この痛み耐え難しいやどうしよう死んでしまうか他にみち無し
이 아픔 인내하기 어렵구나 어찌하리
죽어버릴까 그 길 밖에 없구나

人生は誰も行くのよとわの道悲しむ莫れ俺もすぐ行く
인생은 누구나 가는 영원한 길 슬퍼하지 마라 나도 곧 갈 테니

今迄は吾が運命でこれからはメディカルケアで百二十まで
지금까진 내 운명이었고 이제부턴 의료 덕으로 백이십까지 살리

韓国の統一は又戦争か赤化の次か私の死後か
한국 통일은 또 전쟁인가 적화 후인가 내 사망 후인가?

北韓よ核のいたずら止めなさい攻撃すれば共倒れ也
북한이여 핵 장난 그만하여라 공격하면 같이 망하느니라

私は日本の民を尊敬すしかし彼等の政治屋を憎む
나는 일본사람을 좋아하나 그 정치꾼들을 증오한다

神様が弱者虐める日本を罰する準備終えて待っている
하나님이 약자를 괴롭히는 일본을
벌할 준비를 하고 기다리고 있다

東条の悪しき信念原爆で安倍の傲慢水素で亡ぶ
토조*의 그릇된 신념 원폭으로 아베*의 오만 수소로 망하리

地震 でも泣かずあわでぬ日本人列を乱さず番を待つ民
지진에도 서두르지 않으며 울지도 않는 일본인
줄도 흩트리지 않고 순서를 기다리는 백성들

惜しげに津波で去りし方方よ災害無き世で安眠なされ
애석하게 쓰나미로 돌아가신 분들이여
재해 없는 세상에서 안면하시라

*토조(東條) ; 제2차 세계전쟁을 일으킨 일본 수상
*아베(安倍) ; 현 일본 수상

더 가까이

지은이 / 이문호
발행인 / 김영란
발행처 / **한누리미디어**
디자인 / 지선숙

08303, 서울시 구로구 구로중앙로18길 40, 2층(구로동)
전화 / (02)379-4514
Fax / (02)379-4516
E-mail/hannury2003@hanmail.net

신고번호 / 제 25100-2016-000025호
신고연월일 / 2016. 4. 11
등록일 / 1993. 11. 4

초판발행일 / 2019년 9월 10일

값 10,000원

ISBN 978-89-7969-808-4 03810